民国ABC丛书

农民文学ABC

谢六逸 著

知识产权出版社
全国百佳图书出版单位

图书在版编目（CIP）数据

农民文学ABC/谢六逸著.—北京：知识产权出版社，2017.1

（民国ABC丛书/徐蔚南等主编）

ISBN 978-7-5130-4336-6

Ⅰ.①农…Ⅱ.①谢…Ⅲ.①中国文学—古典文学—文学研究Ⅳ.①I206.2

中国版本图书馆CIP数据核字（2016）第296867号

责任编辑：徐　浩	责任校对：潘凤越
封面设计：sun工作室	责任出版：刘译文

农民文学ABC

谢六逸　著

出版发行：知识产权出版社有限责任公司	网　　址：http://www.ipph.cn
社　　址：北京市海淀区西外太平庄55号	邮　　编：100081
责编电话：010-82000860 转 8343	责编邮箱：xuhao@cnipr.com
发行电话：010-82000860 转 8101/8102	发行传真：010-82000893/82005070
印　　刷：北京科信印刷有限公司	经　　销：各大网上书店、新华书店及相关专业书店
开　　本：880mm×1230mm　1/32	印　　张：4.5
版　　次：2017年1月第1版	印　　次：2017年1月第1次印刷
字　　数：50千字	定　　价：20.00元

ISBN 978-7-5130-4336-6

出版权专有　侵权必究

如有印装质量问题，本社负责调换。

再版前言

民国时期是我国近现代史上非常独特的一个历史阶段，这段时期的一个重要特点是：一方面，旧的各种事物在逐渐崩塌，而新的各种事物正在悄然生长；另一方面，旧的各种事物还有其顽固的生命力，而新的各种事物在不断适应中国的土壤中艰难生长。简单地说，新旧杂陈，中西冲撞，名家云集，新秀辈出，这是当时的中国社会在思想、文化和学术等各方面的一个最为显著的特点。为了向今天的人们展示一个更为真实的民国，为了将民国文化的精髓更全面地保存下来，本社此次选择了世界书局于1928~1933年间出版发行的ABC丛书进行整理再版，以飨读者。

民国 ABC 丛书 ‖ 农民文学 ABC

世界书局的这套 ABC 丛书由徐蔚南主编，当时所宣扬的丛书宗旨主要是两个方面：第一，"要把各种学术通俗起来，普遍起来，使人人都有获得各种学术的机会，使人人都能找到各种学术的门径"；第二，"要使中学生、大学生得到一部有系统的优良的教科书或参考书"。因此，ABC 丛书在当时选择了文学、中国文学、西洋文学、童话神话、艺术、哲学、心理学、政治学、法律学、社会学、经济学、工商、教育、历史、地理、数学、科学、工程、路政、市政、演说、卫生、体育、军事等 24 个门类的基础入门书籍，每个作者都是当时各个领域的知名学者，如茅盾、丰子恺、吴静山、谢六逸、张若谷等，每种图书均用短小精悍的篇幅，以深入浅出的语言，向当时中国的普通民众介绍和宣传各个学科的知识要义。这套丛书不仅对当时的普通读者具有积极的启蒙意义，其中的许多知识性内容

再版前言

和基本观点，即使现在也没有过时，仍具有重要的参考价值，因此也非常适合今天的大众读者阅读和参考。

本社此次对这套丛书的整理再版，将原来繁体竖排转化为简体横排形式，基本保持了原书语言文字的民国风貌，仅对部分标点、格式进行规范和调整，对原书存在的语言文字或知识性错误，以及一些观点变化等，以"编者注"的形式加以标注，以便于今天的读者阅读。希望各位读者在阅读本丛书之后，一方面能够对民国时期的思想文化有一个更加系统、深刻的了解，另一方面也能够为自己的书橱增添一份用于了解各个学科知识要义的不可或缺的日常读物。

知识产权出版社

2016 年 11 月

ABC丛书发刊旨趣

徐蔚南

西文ABC一语的解释，就是各种学术的阶梯和纲领。西洋一种学术都有一种ABC，例如相对论便有英国当代大哲学家罗素出来编辑一本《相对论ABC》，进化论便有《进化论ABC》，心理学便有《心理学ABC》。我们现在发刊这部ABC丛书有两种目的：

第一，正如西洋ABC书籍一样，就是我们要把各种学术通俗起来，普遍起来，使人人都有获得各种学术的机会，使人人都能找到各种学术的门径。我们要把各种学术从智识阶级的掌握中解放出来，散遍给全体民众。

ABC丛书是通俗的大学教育,是新智识的泉源。

第二,我们要使中学生、大学生得到一部有系统的优良的教科书或参考书。我们知道近年来青年们对于一切学术都想去下一番工夫,可是没有适宜的书籍来启发他们的兴趣,以致他们求智的勇气都消失了。这部ABC丛书,每册都写得非常浅显而且有味,青年们看时,绝不会感到一点疲倦,所以不特可以启发他们的智识欲,并且可以使他们于极经济的时间内收到很大的效果。ABC丛书是讲堂里实用的教本,是学生必办的参考书。

我们为要达到上述的两重目的,特约海内当代闻名的科学家、文学家、艺术家以及力学的专门研究者来编这部丛书。

现在这部ABC丛书一本一本的出版了,我们就把发刊这部丛书的旨趣写出来,海内明达之士幸进而教之!

一九二八,六,二九

代　序

赤日炎炎似火烧，野田禾稻半枯焦，
农夫心内如汤煮，公子王孙把扇摇。
　　　　　　　　——《水浒传》序

地主太太的红小袖，
是地下农夫的血与泪。
　　　　　　　　——日本民谣

例　言

一、农民文学的潮流早已弥漫欧洲各国，最近且为新兴文学中的重要部分。我国具有博大的土地与多数的农民，农民生活的情形不下于欧洲各国。但是没有一个作家去描写他们，社会也让他们无知无识，这实在是不幸的事。假使我们要迎接世界文学潮流，则农民文学实有提倡的必要。

二、本书先叙述农民文学的意义及其运动，以期其发展之路径，继将俄国、爱尔兰、波兰、法国、日本等国的农民文学加以分章的叙述，以觇农民文学之实况。

三、欧洲农民文学之作品，既多且广，

欲将各种作品之内容，一一叙述，势所不能，本书将重要作品之梗概叙述之。

四、本书尚为中国文学界中叙述农民文学之第一本，希望有第二本出来。

目 录

第一章　绪　论　1

第一节　农民文学的意义　3

第二节　农民文学的运动　5

第三节　农民诗　12

第四节　农民剧　15

第二章　俄国的农民文学　23

第一节　概　说　25

第二节　前期农民文学　31

第三节　后期农民文学　37

第三章　爱尔兰的农民文学　57

第一节　爱尔兰农民的生活　59

第二节　爱尔兰的农民作家　65

第四章　波兰与北欧的农民文学　71

第一节　波兰与农民文学　73

第二节　农民小说家雷芒特　74

第三节　北欧的农民文学　77

第四节　北欧的三大农民作家　79

第五章　法国的农民文学　89

第一节　田园作家乔治桑特　91

第二节　自然主义时代到大战以前　96

第三节　大战以后与现代的农民文学　105

第六章　日本的农民文学　119

第一节　农民文学作家长冢节　121

第二节　最近的农民文学　123

附　记　126

编后记　127

Chapter 01
第一章

绪 论

第一章 绪 论

第一节 农民文学的意义

文学的发生,常以社会的现象为背景。在文学反映社会现象的意义上,可以将文学分为都会文学、农民文学、资产阶级文学、无产阶级文学四种。就中都会文学常与资产阶级文学有密接的关系,作家所描写的是都会里的资产阶级的生活;农民文学则与无产阶级文学相连,近代的农民文学常是无产阶级里的一支脉。

农民文学这个名词若在广义上解释,含有下列各种的意义。

（1）描写田园生活的文学。

（2）描写农民与农民生活的文学。

（3）教化农民的文学。

（4）农民自己或是有农民的体验的作家所创作的文学。

（5）以地方主义（都会主义之反对）为主，赞美一地方、发挥一地方的优点的文学（乡土艺术）。

若就狭义的解释，则农民文学就是指那些描写被近代资本主义所压榨的农民的文学。农民为社会组织里的重要部分，而他们反受地主们的几重压榨，使他们困苦呻吟。如俄国与爱尔兰的作家，便竭力描写农民的悲惨生活，使世人对于他们增加同情心。诸如此类的文学作品，可以称之为农民文学。至于

第一章 绪 论

本书所叙的，则以广义的解释为主。

第二节 农民文学的运动

将农民文学的意义具体化的作品，在最近的大陆各国，都已产出。就文学史上看来，以前的文学多是贵族阶级的娱乐品，是特权阶级的专有物。农民与文学，在以前是毫无一点因缘的。农民只消继续的吃苦，度过一生就行，同畜类一样的劳动便好。没有为他们施教的教育，没有为他们写作的文学，没有描写他们的作品。现在可不然了，农民的本身即是一种优美的文学，纵然没有人去表现他们，可是他们早已就是诗的，如果表现起来便是最好的题材。试读俄国屠格涅夫的《猎人日记》，便引起我们反对强权社会的情感。所以在农民占多数的国家里（如俄国、挪威、爱尔兰等），他们的农民文学的运动便较其他的国家为发达。那些作家们，有的替被压榨的农夫呐喊，有的感化那些农民，使他们知道自己在近代文明里的地位。托尔斯泰有一篇故事，名叫《愚蠢的伊凡》，写他的理想的农民；可以视为农民文学运动的第一声。现把原作的梗概写在下面。

从前某地有一个富有的农夫，他有三个儿子，色麦容是当兵的，打拉司做生意的，伊凡最愚蠢。还有一个女儿，又聋又哑，不能做事，名叫玛尔奴。

色麦容去替皇帝打仗去了，打拉司到市上做买卖。伊凡和妹妹留在家里，他每天弯着背做农夫的工作。

色麦容当兵，因战功得了高位，娶贵族的女儿为妻，煊赫一时。妻子穿好的、吃好的，因为奢华的原故，钱不够用了。他便回家来，

第一章 绪 论

请父亲把家当分给弟兄,自己好拿他名分下的一股。父亲不肯答应,说家当是伊凡一个人竭力工作赚来的,若不去问伊凡,别人不能作主。色麦容听了父亲的话,便去问伊凡。伊凡说:"你想要什么,拿去好了。"色麦容听说,便拿了许多钱走了。

伊凡一点也没有吝惜的颜色。他想,只要肯做,金钱就会来的,无论下雨下雪他总是在田里工作。正当这时色麦容又失败回来了,伊凡刚从田里回来,见他的哥哥同穿着华服的嫂嫂在吃饭。他见了伊凡,就说:"我回来扰你了,要你养我们两口儿。"伊凡答说:"有什么不好呢?好,好。"伊凡也同他们一起吃饭。孰知穿着华服的嫂嫂在旁说道:"我不高兴和污秽的农夫在一起吃饭。"伊凡听了说:"哦,那末,我到外面去吃好了。"说时,他拿着面包到外面吃去了。

有一天，伊凡从田里工作回来，看见打拉斯同着他的妻子正在吃饭。原来打拉斯做买卖失败了，又回来打搅伊凡了。伊凡仍然答道："好的。"也和他们一起吃饭。打拉斯的妻子又咕哝道："我不欢喜同肮脏的农夫在一起吃饭，他满身汗臭。"伊凡听说，跟着就道："那末，我到外面去吃好了。"他又拿着他的面包到外面吃去了。

过了几日，色麦容和打拉斯都拿了许多钱到市上去了。色麦容仍旧去服役皇上；打拉斯呢，依然做他的买卖。伊凡呢，照常留在家中耕田种地。

有一天，皇上的女儿病了，请了医生看也没有医好。皇上下命令，说有人医好女儿的病，就把女儿嫁给他。

伊凡的两亲想起了一件事，就是伊凡从前

第一章 绪 论

在土里挖出了一种奇异的树根,曾医好了犬的病,便叫伊凡来,吩咐他说:"儿呵,你知道皇上的命令么?你快些拿了可以医治一切病的树根,去医公主的病,好叫你享福一世。"伊凡说:"那末,只好去了。"他便上路了。

伊凡走出大门,看见门口有一个女乞丐,她的一只手成了残废。那女乞丐向伊凡道:"人说你有医治一切疾病的树根,请你医我的手!"伊凡的树根只有一节,他不去医公主的病,便给那女乞丐,叫她吃了。吃了树根,病就霍然了。

他的两亲知道了大怒,骂他说:"怎样愚蠢呵!你医好了公主的病,你就是一个驸马,你医了女乞丐有什么用呢?"

伊凡听说,他照常穿着他的农夫的衣服,去医治公主的病。他将走到宫门,公主的病就愈了。伊凡和公主结婚。不久，皇上死了，就轮着伊凡做皇帝了。

伊凡做了皇帝，仍旧耕田，他不向人民收租税。有一天，大臣来禀告，说支付臣子的俸钱都没有了。伊凡王答道："那就不付好了。"臣子道："这样一来，还有谁替你做事呢？"伊凡王道："不必替我做事，你们归家去推粪车好了。"

有时，人民来请裁判案子，说："他偷了我的钱。"伊凡道："哦，他想钱所以他才偷呵。"人民才知道伊凡王是一个笨伯。有人告诉他说："人说皇上是一个笨伯。"伊凡道："哦，我是笨伯。"伊凡王的后也是一个笨伯，她说她不反逆她的夫，针走那里，线也走那里。

这时贤人们都去国了，只有愚蠢的人同伊凡王留在国内。伊凡王的国内没有兵，也

第一章 绪 论

没有钱。自皇帝以下人人耕田而食,种土以图生存。

后来色麦容和打拉斯事业失败回来了,他们又来打搅伊凡。有许多人没有饭吃的都到伊凡王国来了。只要有人问伊凡王索食,王便答说:"好啊,同我住在一起好了。"

只有一桩事,是无例类的习惯,就是无论谁人,要手掌的皮起了茧的才能够坐在桌上吃饭;掌上的皮没有起茧的,须吃别人吃剩的食物。

托尔斯泰氏的这篇故事,不是童话,也不是寓言,乃是表现人生最高的目标(自然是托氏所达到的)与最高社会的暗喻。伊凡是托氏理想中的一个农民,而伊凡王国是托氏理想中的社会。这样的农民与社会,乃是值得赞美的。

农民文学的潮流早已弥漫欧洲各国了，最近则在无产阶级文学里占了重要的部分。文人对于农民生活的描写，正与都会的工厂劳动者同。无论就纯粹的文学的立足点或就文明史上说，农民与文艺的关系是不能断绝的。我国虽有博大的土地与多数的农民，农民生活的困苦也不下于欧洲各国，但是没有一个作家去描写他们，社会也让他们永远是无知无识的，这实在是不幸的事。假如我们要迎接世界的文学潮流，则农民文学的提倡，是极其紧要的了。

第三节 农民诗

农民诗与普通的田园诗不同。田园诗的题材求之于田园，它所表现的，为田园的自然美的探求，或赞美、鉴赏。它所注重的在展开牧歌的情绪，流于其中的是田园美、自

第一章 绪 论

然美的礼赞、思慕、憧憬、感伤等。田园诗不过是自然风景的表现，在那些诗歌里，没有暴虐的自然，没有喘息于黑暗之底、困苦颠连的农民，它对于"土地之力""大地之魂"并无何等的表现。简单说来，田园诗不过是自然环境的表现罢了。

农民诗则不然，它是"土地的灵魂"的呐喊，是"大地之力"的表现，是"土地的创造性"的发现与现实化；用这些当作基础，确立并发展新精神文明，对于病的、堕落的、疲废与焦燥所侵蚀的旧文明挑战，或是去救济。它是站在经济组织上的农村与农民生活之现实的表现，是反抗精神的叫唤，是向来被压迫着的、燃烧着的灵魂的表现。这是农民诗的特质，也是农民文学的特质。

农民诗虽也是自然环境的表现，但它所表现的是立脚于具体的、现实的经济环境，或浸入其中的自然环境的表现。至于田园诗，只是抽象的自然环境的表现而已。详言之，田园诗是表面的、外观的田园美；农民诗则为内面的、内省的大地征服的美，是对于狂暴的自然的反抗，是一种争斗的力。它不表现那些田园美化的、被封建的传统所支配的、如羊般柔顺不言的农民；它是野兽般粗暴的、有阶级意识觉醒的、有社会批判眼光的、有突破地壳熔岩般的力量的农民之具体及现实的表现。

农民诗也不是一地方一乡土的特有的人情风俗习惯的抒情的表现，即不是乡土的诗歌。在这一点上，它与民谣、歌谣、农民故事也不同。描写乡土色调的诗，只是第二意义的农民诗。第一意义的农民诗，应具前段所说的诸特质。

农民生活的范围是农村、田园与乡土。农

第一章 绪 论

民的生活手段的对象是耕种，当然不能脱离自然环境，不过农民诗所描写的，不是单纯的自然环境的姿态，乃是从经济的见地所见的自然环境，是站立在经济组织上的大地的呼声，是土地的呐喊。其中含有多量的反抗与争斗的精神，是伟大的熔岩之力的表现。

田园诗只写田园的美，或称颂田园，乡土诗歌只写一地方的独特的世态人情；它们的表现是以抒情为主的，都是资产阶级的东西，已经是过去的了，它们不是现代意义的农民诗。真意义的农民诗是田园的且是乡土的，是把握着经济意识、自觉而且肯定阶级意义，由此以反抗、争斗的精神力之具体的表现。

第四节 农民剧

关于农民剧的解释，可从种种立足点去下观察，兹分述于下。

有人主张把艺术"从都会移转到农村"，使田舍的农夫也有鉴赏艺术的机会，因此就说农民剧的运动，是演剧给农民看。

有人说戏剧的题材有的采自都会，也可以取自农村，因此说农民剧是描写农民的戏剧。一切的文艺向来不注重描写农民，只知写都会，这是不对的。所以既然描写都会，也应该描写农民。

有人说农民剧是农村里的无产劳动者的反抗的呼声，是喘息于资本主义重重压迫下的无产者的叫喊；资本主义的暴虐扰乱了农村，与扰乱都会同样。即是认农民剧为无产阶级文学的一部门。

有人又说农民剧的运动，既不是给农民们鉴赏的，也不是描写农村的，乃是使农民自己产生出来的艺术运动；不是"到农民"的

第一章 绪 论

运动,是"从农民——"的运动,因为农民自己也应该有艺术。

以上诸论,只是农民剧的解释的一面,综合这种论调,方足以得到农民剧的意义。我们并须明了农民剧是立足于农村文化上的艺术,与立足在不调和、不健康的都会文化上的艺术不同。它不单是阶级战的武器,也应该是潜伏于农民之力与美与道德的表现;不是使农村里的人娱乐的,须是农民的自己表现才对。

农民剧有它的独特的内容与表现。

第一,资产阶级的戏剧中,常轻蔑贫民,或以他们做同情的对象,这并没有把贫民安放在适当的位置上。这些农夫或贫民自有他们的位置(他们是在社会上或人间生活上有职务的贫人)。在农民剧里所描写的人物,须将他们放在正当的地位上。

第二，应立脚在现实上，不可立在离开现实的抽象世界。农民剧与别的农民文学同样，它是潜伏在土地中的力与生活力的表现。农民的生活或精神在现实上如何活动，或应如何活动，这都是农民剧的内容。写农民精神埋藏于大地之底的时代，即未觉醒的时代；或描写过去，或取材于传说，都没有重大的价值。

第三，作品的主旨与情节应该明确，不可用混沌、无解决、不安等要素。应对于农民精神或其生活力给予一个信念，使他们知道生活的意义与位置。

第四，应该是战斗的。对于自己的生活抱有信念，当然就是战斗的。农民的阶级的争斗意识既盛，同时有信念的生活者的斗志便交织于其内，便不能不为自己的生活奋斗了。

第一章 绪 论

第五，是感情的自由的流露，使农民知道农民生活与农民精神，同时须使农民生活者的感情自由发展；使他们知道了生活的意义与位置，也非使农民日常生活里的感情自由流露不可。

具备上述条件的农民，可以分为两种。一种是在都会的剧场里，为都会人表演的；一种是由农民自己的手表演的。由农民自己表演的，须设农民剧场，与都市的剧场有别。都市的剧场是由资本主义、商业主义的指挥而成的，不是劳动者自身意志的表现；农民剧场非由"自由人的"自由劳动者去设立不可。都市剧场是人间奴隶的劳动的象征；农民剧场是由劳动者、由农民的愉快的劳动而成的，由他们的创造力以建设的。

法国亚尔莎斯的农村自 1895 年以来，即有专为农民表演的剧场。日本福冈县浮羽郡山春村有农民剧团，名叫嫩叶会，成立于大正十二年（1923）四月，成绩异常的好，他们努力于近代剧的表演与农村的艺术化。那村里的画家、音乐家、文学家都加入，现有会员四十余人；除演剧部以外，有表演部、照相部、舞台部、美术部、音乐部、衣裳部、文艺部、情报部、庶务部等十多门。在农闲期间，两个月表演一次，所有练习、试演等，都在平时白日劳动之后从事。这个团体的经费，由各会员负担，大部分则由该会的主持者、指导者医师安元知之氏出私财以津贴之。他们的剧场除了室内试演场之外，更有模仿古代希腊式圆形的野外剧场，已于大正十四年（1925）竣工；利用村的倾斜地建造，座席与舞台均用土与青草筑成。他们表演过的戏剧里面，有欧美及日本的著名作家的作品——

丹色尼的《光之门》

第一章 绪 论

同人《阿拉伯的幕》

同人《金文字的宣言》

柴霍夫的《犬》

斯独洛的《底层二人》

格雷哥利夫人的《月出》

施屈林堡的《牺牲》

宾斯奇的《小英雄》

梅特林克的《丁泰琪之死》

沁孤的《到海去的骑士》

柴霍夫的《烟草之害》

菊池宽的《屋上的狂人》

同人《浦之苔屋》

同人《顺番》

同人《学样》

武者小路实笃的《一日里的一休和尚》

同人《野岛先生的梦》

同人《达磨》

山本有三的《生命之冠》

同人《海彦山彦》

同人《同志的人们》

额田六福的《真如》

仓田百三的《俊宽》

安元知之的《恋土》

同人《乌山的头陀》

同人《尼御前宫之由来》

同人《青年集会所之一夜》

　　就嫩叶会的组织与表演的剧本看来，可知日本的农民剧已经在成功的途上了。

Chapter
第二章
02

俄国的农民文学

第二章　俄国的农民文学

第一节　概　说

俄国从来是农国，国民的大部分是农民，国土的大部分是平野。想起俄国，映在我们眼里的，是广漠的西比利亚平原，无涯的旷野，是在那里耕种着、生活着的纯粹的农民的姿首。农国的俄国，是俄国本来的面目；农民就是纯粹的俄国人。

俄国的写实主义的文学，取材于现实生活、现实世界，为现实的表现。在这种文学里面，俄国的农民有许多被描写着，乃是当然的。农民生活是俄国人的主要的现实生活。

农民、农民生活、村落生活、田野的自然，在19世纪中叶到末叶的写实主义文学里，都是主要的题材。

俄国写实主义的三大作家，除了都会作家陀思陀也夫思奇外，其余二人，即托尔斯泰与屠格涅夫，都是描写农村、农民与自然的。托尔斯泰的小说《地主的朝晨》和有名的戏曲《黑暗的劳力》等作，本身就是以农民、农村生活为主题的作品。《哥萨克》一作里，有许多的自然描写与农村生活的描写。此外，如《安那·加勒尼娜传》里也描写围绕着主人公勒混的农民生活。至于屠格涅夫的《猎人日记》，则纯然是优美的农民小说，《父与子》《罗亭》《初恋》等作，也时时描写着农村、农民与自然。更逆溯到俄国文学的元祖普希金，农民也有许多被表现在他的作品里面。他的有名的小说《比耶尔根村的手札》及其

第二章　俄国的农民文学

他的短篇，我们时时看见农民与农村的姿态。

然而这些俄国的写实主义的作家们，他们本身并不是农民，托尔斯泰与屠格涅夫都是地主，属于特权阶级。他们的境遇是生活于农民的苦恼以外的人，可是具有人类的良心与人类的纯情的作家们，对于农民的苦恼与悲惨，不能够不关心。所以他们描写农民的时候，他们的关心就以某种形式表现出来了，即是在许多地方，他们的关心，是对于农民的同情、怜惜、爱的表现。

所谓俄国的农民，在农奴解放以前，决不是一个自由公民。他们附属于世袭贵族的地主下，为贵族所有的奴隶，即是农奴。所以对于他们，决不视为一个人，受着束缚、虐待；他们的生养，宛然如豚豕一般的凄惨。在地主的眼中，农奴不是一个人，他们只是顺从的、服役的牛马罢了。

可是农奴也是人（同是一样由神所造的人），这个新的发现，由地主阶级中最能觉醒的人们所得了。这是人类的良心的觉醒，是人道主义精神的发扬，是与世界的人道主义的勃兴（在他的影响与感化之下）同时，是在俄国发生出来的精神。受了这新思想的洗礼的新人物，由他们的新信仰去观察俄国的现实，观察农奴的生活，观察农奴的制度。那些悲惨与不幸的事，使得那些新人物不得不叫喊出来。这些新人物的最初的人（不必依年代，只是就意识的程度说），就是托尔斯泰、屠格涅夫等人。屠格涅夫的《猎人日记》里，照实的描写俄国农奴的生活与农村生活。这部小说，使得有产的特权阶级颇受感动，相传当时尼古拉斯一世读了这部小说，便有了解放农民的决心。

农奴制度的不合理、非正义的呼声，已

第二章　俄国的农民文学

经高唱着了。描写农奴之不幸与悲惨的文学，和这一片呼声相结合，这就是俄国前期民众作家的一群。他们以农奴制度为中心，对于农民且描写且呐喊。同时，一般社会对于农民的注意与舆论更为沸腾，于是遂有 1861 年 2 月 19 日的解放农奴令的颁布。

由俄国社会制度的大变动所带来的农奴解放，民众作家们所尽的力量如何，是可以不用多说的。由于他们的以农奴解放为中心的文学运动，起了农奴解放运动，既而获得了解放农奴令；他们把农民文学，遗留给后人。

这些民众作家，自然多半是生于农奴阶级（无产阶级）以外的贵族地主阶级或智识阶级里面。因为农奴的大部分还不曾自觉，虽有多少自觉了的，可是他们不解文字，他们不知道表现或呐喊的方法。直到后来，从官吏、商人、僧侣等无产阶级里面，才出了几个民众作家。如波米亚洛夫斯基、刘昔妥尼哥夫等人，都是从耕种寺院附属土地以维持生活的僧侣的家里出来的。

总之，俄国的农奴解放运动与民众文学运动，并不是农民（农奴）自身的运动；虽然那运动里面有无产者，但不是农民，不是农民阶级的集团的一员的农民。所以此时代的民众文学运动，乃是由于社会的觉醒了的先觉者们（这是非阶级的）拥护不幸的被压迫阶级的农奴阶级的运动，是纯然的人道主义的运动。反之，自麦克幸·高尔基发端的，与俄国无产阶级革命同起的无产民众文学，才是"自己的声""自己的话"的无产者的文学。

以农奴解放为中心的农民文学，只是人道主义文学的一变相，他招来了社会的变革；以无产阶级革命为中心的民众文学，即无产阶级文学，他招来了社会革命。在这里，假定

第二章 俄国的农民文学

前者为"前期农民文学",以无产阶级文学中的农民文学为"后期农民文学",并注重"后期农民文学";前期的一部分,只叙其大略而已。

第二节 前期农民文学

在前期农民作家之中,最早而且有名的人,是格尼哥洛维支(1821~1899)。他的父亲是俄人,母亲是法人。他卒业陆军机关学校以后,想做画家,从事美术的研究,同时开始文学的制作。他描写农村的最初的作品,是1846年发表的《村》。他在这篇小说里面,把农村生活的悲凄状态与农奴制度的可怖的情况照实描写出来。自《村》发表后到1855年间,有《不幸的安东》《渔夫》《移住民》《农夫》《流浪者》《乡道》诸作,对于当时的读者有很深的影响,唤起大家对于农民的爱,使那些教育阶级的人知道他们对于农民所负的重债。他的小说于后来的农奴解放有很大的影响。

在农民解放之前描写农民、使大众受强烈的印象的，有马利亚·马尔哥维支（马尔哥·波卜却克是她的笔名）。她的第一农民小说集是用小俄语写的（因她嫁给小俄罗斯的作家马尔哥维支），第二农民小说集用俄国语写成，以描写乌克拉❶的农民为主，用纯粹的、感伤的心情去表现美的、诗的情景。与她同时的，还有一个描写农民的，大家都知道他是一个历史小说家，此人就是达勒夫斯基（1829~1890）。他著有三大长篇《俄罗斯之逃亡者》（1862）、《自由》（1863）、《新领土》（1863），描写逃亡的农奴（比沙拉维亚的自由移民）。

---

❶ 疑即"乌克兰"。——编者注

第二章　俄国的农民文学

波米亚洛夫斯基（1835~1862）生于僧侣的家中，在僧侣学校内受过教育。他描写那僧侣学校的污秽生活，使他得跃进俄国的文坛。他以写实的手法去写贫穷的智识阶级，他的作品里面，也描写着农民。

刘昔妥尼哥夫（1841~1871）创造了农民文学的形式，他与前人同称为俄国民众作家的写实派的创造者。他生于乌拉尔的穷牧师的家中，渡过了悲惨的少年时代。在他的穷苦生活的余暇，他不忘修学，后来做了文官的书记。他的第一篇小说《波德尼波卜梯》发表于《现代杂志》，如实的描写乌拉尔山中的小村落波德尼波那的农民的劳苦。后来发表《格鲁孟夫一家》，是一篇极悲惨的生活的表现，描写绝望的贫困的生活。此外，有自传小说《人人之中》。两种长篇小说——《较好的何处有呢》《人自己的粮食》，都是描写贫穷不幸的集团的。

魏斯比耶斯基与前述的诸家不同,他的作品不是简单的描写小说,其中包含许多农民问题与人种学的问题,是政治的论述与艺术的表现之混合。他着手描写农村生活是在70年代,[1]正是青年俄罗斯着手"到民间去"的运动之时。他生在小官吏的家里,不知道农村生活,对于农村抱着许多的幻影。等他后来到了南俄的沙马拉州,看见了农村的实况,才把他的幼稚的幻影打破了。他开始描写那被厚重的厌世观所包围的农村生活的情景了。1882年公世的大作《土地之力》,可以看为他的工作的最后的结晶。此作将他对于农村生活的锐利的观察,传之久远。

在自己的诗歌里描写农民与农村生活的

---

[1] 指19世纪70年代。——编者注

第二章　俄国的农民文学

作家的诗人,有下述的几个。

有名的第一个农民诗人,就是尼古拉·涅克拉梭夫(1821~1877)。他进过彼得堡大学的言语学科,非常苦学。他的学生时代,在难以言说的贫苦中过去。因为他的贫苦,他能与彼得堡地方的最贫穷的阶级接近,培养他对于贫穷阶级的强烈的爱怜。对于无产阶级的爱,他到死时仍不舍弃。后来因为他不断的苦作,物质方面稍稍改进,做了大杂志《现代》的编辑者,生活才得了保障。他的作品,为描写俄国的无产阶级的忧郁所笼罩。然而他的作品决不使读者绝望,反而给予激烈的希望。痛苦、悲惨的现实在他的前面,他并不绝望,他突进和他们争斗,他深信自己的胜利。

农民与农民的苦恼或生活,是他的著作的主要题目。他对于农民的深切的爱,是他的任何诗篇里的主脉。农奴制废止以后，他不以为事业告终，他又去讴歌被压迫、虐待的无产阶级。他在自己的诗里，决不把农民诗化，只是从人生里面如实的描写农民。他在俄国的农民里，看出了有真实的人间力的人。《赤鼻的霜》《农夫的孩子》《沙西亚》等诗，是他的优秀的作品。

与他同时代，也是讴歌农民与农村生活的，有柯利俄夫（1808~1842）与尼基登（1824~1861）二诗人。柯利俄夫正如某批评家称他的，是一个旷野的诗人。他持有独特的诗体，不从俄国的韵文法的诗形。他生长在农民里，所以他能歌咏南俄的旷野、农民的悲苦生活、农妇的惨苦的生涯。苦恼与悲哀，充溢在他的诗篇内，充分的能够唤起大众对于农民的爱。

尼基登同他一样，也生在南俄的贫家。他

第二章 俄国的农民文学

的父亲荒于酒,他不能不一手支持一家的生计。他的青年时代是极悲惨的。他一生所写的诗在数量上很少,但多数以农民生活为题材,用简洁的笔调写成,染上他自己的生活中发出来的悲哀,使人流感动的眼泪。

此外,还有第二三流的诗人,也讴歌农民生活,现从略。

第三节 后期农民文学

要说明现代的俄国农民文学,必先明了这时期的农民文学的性质及意义。

在现代的俄国,可以特称为农民文学的文学是不存在的,农民文学只是概括劳动阶级与农民阶级(无产阶级)的无产阶级文学中的一要素、一种类。在这里用上农民文学的名称,只是为便宜计而已。在俄国则这种名称,不为一般所用。偶然有用的时候，只是由文学的题材或作家的阶级而附以农民文学的名称，正如称工场文学、都会文学、西洋文学，没有大差的意味。

在劳农俄罗斯，农民与劳动者同包含在一个无产阶级里，因此农民非与劳动者在相同的理想中生活、在相同的目的中生活不可。若以农民特有的理想与目的，去和劳动者所有的理想或目的冲突，是未受允许的。

俄国的社会革命，多数为劳动者的革命；农民即附属于劳动者，因以连带表现在文学里。农民文学，也与劳动者革命、都会革命所持来的共产主义文化有关。俄国的农民文学，因为当作无产阶级文学表现，始得确保它的存在；他与都会劳动阶级的文学相应，具有相同的理想，所以它能够成立。

第二章　俄国的农民文学

因此之故，如耶塞林把农民文化看为与都会工场文化相敌对的，因而诅咒都会工业的文化，拥护自己的农村；人家就说他是个反动的，不容于现代的俄国社会。他的自杀，大约是这个缘故吧。反之，随从都会劳动文化，描写农民农村的作家，在苏俄的文坛里，能够存在于无产阶级的文学之中。

皮涅克、依凡乐夫、色弗尼拉、勒洛夫等人都是革命的随从者，描写农民农村。

以下列举几个农民文学的诗人。

在现代苏俄的诗坛里，可以称为农民诗人的（自己也称作农民诗人），有两个人，即是尼古拉·克留耶夫与去年❶自杀了的色尔格·耶塞林。此二人在思想上与对于革命的态度上、对于都会文化的态度上，都有相似

---

❶ 指1925年。——编者注

的共通点。二人同是宗教家,他们爱农村与美的自然界;对于革命,则主张是为使农民阶级幸福的,所以要容纳全农民阶级。但是革命不是农村的或农民的东西,是全都会的、劳动者的。他们虽然容纳革命,但对于与革命共存、与革命根本的同栖,❶不能不扬反对之声。此二诗人的悲剧的二重性与二元性,其原因即在于此。在这意味上,他们一方面是革命的随从者,一方面是反动的。这矛盾的原因,在于最初对于革命的认识不足。革命的认识不足,对于农村的人是难免的运命。因此,克留耶夫与耶塞林的悲剧的运命,同时也是现代苏俄的许多农民的运命。

据克留耶夫的自传,现在❷他是一位36岁的诗人。幼受母亲的教育,漂浪一生。他

---

❶ 指对于都会文化之类。——编者注
❷ 指1926年。——编者注

第二章　俄国的农民文学

曾到过中国,他的漂流生活,充满悲苦。最初的著作,是靠商人司那门斯基的帮助,于1912年在莫斯科出版的诗集《诗之声》。在这诗集中,他以美丽的语言歌颂农民生活与静寂的自然。他喜悦农村里的调和,他感激表现在农村生活里的农民的同胞爱。在他的诗里,表现着对于农民的纯粹斯拉夫的宗教的感激。他认此纯俄罗斯的调和已被破坏,而感到悲愁。破坏农民与自然的是文化的社会,他排斥这种文化。他以为避开这种文化而保守纯粹的俄罗斯农村,就是俄罗斯的精神,是农民的同胞爱。在1912年,出版了第二诗集《同胞之歌》;1913年,出版《森林的人》;1916年,出《世界的思考》;1917年,出《红铜的鲸》与《歌话》。后来,在柏林出版《小屋的歌》《担着太阳走去的人》《土地与铁》,又在莫斯科出版《狮子的面》;1922年,出叙事诗《第四的罗马》《母——星期六》,

又作短诗《列宁》。

由这些诗集，知道克留耶夫看农村为极静的、沉重的。农村如同寺院里的钟声一样，如笼罩旷野的雾一样，因为是静的，所以他爱农村；动的、骚扰的都会，在他是全不中意。他以敌意眺望都会。都会用"铁的文化"胁迫农村时，他就诅咒、詈骂都会的文化，而对之挑战。他不能与都会革命同进，乃是理所当然。然而他随从着革命，他讴歌革命的歌做了许多。可是革命在他是全没有动的要素，没有力，没有生命，在他的诗里面，是最空虚的话。他又作诗讴歌列宁，然他歌列宁的诗，或是列宁的，或是反列宁的。

总之，他是一个如实描写农村的诗人，歌唱自然的诗人，爱农民的诗人。比较确切的说起来，他是生长在旷野的农夫，他的农民诗歌，颇难作为无产阶级艺术。

第二章　俄国的农民文学

耶塞林较之克留耶夫，对于革命的态度较为进步。他也讴歌农民、描写农村，但他的描写是比较动的、较为神经质的、尖锐的。据他的自叙传，以1895年9月21日生于哥兹米斯喀亚村，是农夫的儿子。家中贫乏，人数又多，2岁时就被送到外祖父家中抚养。那家有三个独身的舅父，是强暴的农夫。他被野蛮的手所养育着。他幼时极顽皮，16岁时进莫斯科的师范学校，但因为教授法不及格，他说幸好没有进成这个学校。

他开始作诗是在9岁时，意识的开始创作则在十六七岁时。18岁时，他把自作的诗送到各杂志去，但都未被揭载。他自己遂到彼得堡去，混入朴洛克、哥洛德基、克留耶夫等诗人的队里。到了欧战发生后，他就上了漂流的旅途，中国、波斯、印度都有过他的足迹。革命时，因为纸张不足，不能印刷诗歌，他和克昔柯夫与马林哥夫等诗人在修道院的壁上写诗，又在市上的散步场内当大众朗诵他的作品。那时倾听他的诗的，是"卖淫妇与恶汉"，并且他"和他们很相好"。他的著作有1916出版的闻世作《虹》（1918年，再版；1921年，三版）；1918年，出诗集《鸠》；1819❶年，出《婴孩基督》《村的日课》《变容》；1921年，出叙事诗《布加却夫》；1923年，出《德尼卜德甫》；1924年，出《四十日镇魂祭》等作。此外，还有叙事诗《异国》《友伴》《被选者》（以上1920年作）诸作。

他是生在农村里、在农村养大、讴歌农村的诗人，是一个的确可以称为农村诗人的优美诗人。他所歌的农村是——

乳色的烟为风吹动，

---

❶ 当为1919。——编者注

第二章 俄国的农民文学

然而没有风,只有轻渺的声音,

鲁西在悦乐的忧愁里,抱着手睡在黄色的断岩里。

如像这样的俄国农村情景的描写,在他的诗里随处可以看到,是极其静寂的、牧歌的。在他看来,俄罗斯是如像做梦一般睡着的温顺可爱的土地。俄罗斯在他的眼睛里,常由寺院的钟声、僧院、圣像表现出来。

可是俄罗斯的农村不单是这般的静寂的、牧歌的情景,那里还有耕作的劳苦与苦痛、农民生活的贫困,与充满着革命前的重苦的、大气的社会的愤怒与憎恶,更有虐待农民的许多压制者的手。这些黑暗面,在耶塞林的诗里一点也看不见。他所写的农村好像是不知有黑暗事,沈[1]落在"乳色的雾"与"悦乐

---

[1] 同"沉"。——编者注

的忧郁"之中。

耶塞林决不是贵族,也不是智识阶级的人,他完全是一个贫困农夫的儿子,是养育在苦痛里的人。然而他对于那种农民的现实生活,对于他们的贫困与悲惨毫无关心、无感觉,究竟是什么原故呢?这恐怕是他的性格所致吧,是他的浪漫的、幻想的性格与他的宗教性结合,遂产生这样的结果。

俄留询与前述的两个诗人相反,他所描写的不是如像他们的牧歌的农村,可以说他是一个全俄罗斯农村的现实与血结合而成的农村诗人。他以1887年生于沙拉妥夫。他幼时读了四年的书,悲惨的生活便临到他的头上。他在1911年24岁时开始作诗,第一篇名叫《卡叙奴维支》,发表于《沙拉妥夫新闻》。1913年,移居圣彼得堡,在铁道事务局里面服务,过着最贫困的生活,但是他仍

第二章　俄国的农民文学

偷暇作诗，投稿于《欧罗巴报》《启示》《我等的曙光》等杂志。后来，曾在米洛留波夫编辑的杂志上，发表反抗社会的不义、对于贫困、压迫的憎恶与愤怒的诗。他的最早的诗集是1918年出版的《曙》，收入他在1910年到1917年间的主要作品。1919年，发表《赤俄》《最后的自由》；1920年，发表《多勒依卡》《白桦》；1921年，发表《警钟》《我等》《饥饿》；1922年，发表《红的寺院》等诗篇。又在1922年发表小说集《有痘疤的人》《冰块上的人》、诗篇《虹》、叙事诗《米克拉》等作；1923年，出《寂寞的太阳》与《□[1]的干》二诗。

他是贫困、悲痛、苦恼与饥饿的诗人，是"苦恼的十字架"上的诗人，他的只眼，独注目于悲惨的农村的现实生活。他被可痛的贫

---

[1] 原字不清。——编者注

困所打击、被搔爬,血痕殷然,于是他由此歌出爱与憎的歌。他的农村的诗,常是农村的贫苦的激烈的表现。在他的眼前,常是"可以的、病的、饥饿的农村"。他爱那些贫穷小屋并列着的俄国土地,爱狼狈的原野,爱那被愁苦的日子和悲惨事件打击的原野,爱那以汗与血去耕种一片一块的、目不忍睹的土地。他的爱越是强,憎也越强。他歌道:

我们的茅屋现出黑暗的面影,

被黄金色的稻草遮蔽着,

我们岂非被运命侮辱着的吗?

不是被神忘记了的吗?

他又写农民的姿首道:

我们结局在裸体上,

用树皮做了带。

第二章　俄国的农民文学

他写农民的生活有下面的几行——

半开垦的土地，

家家都有一群孩子，

一生"杭育"的做工，

只有像车轮般的回旋。

库吉马不过一件汗衣，

伊凡赤身又赤足。

稻场上的鸟，

还较能好好的过活。

见了这样的生活，便这样咏出的他的心中，当然起了激烈的反抗与血的争斗。他又写他的革命思想道：

夜的郊野，火灾飞腾，

河的彼岸，凄其的钟声呻吟。

农夫的影子在雾里岑寂而幽微，

黑暗的小屋被红的火焰所围。

热的旷野，被干草的香气陶醉。

……旷野的俄罗斯对于力强的饥饿的民众，对于全世界，揭着燃烧在火里的赤旗。

这就是他的革命，但却不是无产阶级的社会革命，乃是农夫的揭竿而起。他在扰乱里看出农民生活的解放与救济的曙光。他被农村的悲痛的现实所牵引，因而愤怒、憎恶。他从扰乱里寻出救济之方，乃是当然的。

善写农民与农村的作家，还有勒耶洛夫与色绯利娜二人。

勒耶洛夫本姓士哥卜勒夫，以 1886 年生于沙马尔斯卡亚县麦勒克兹斯基郡洛维柯夫村的农夫家，于 1924 年 12 月 24 日因心

第二章　俄国的农民文学

脏麻痹死去。38年的短生涯中，他完全以一个无产阶级者而苦斗努力。他从19岁时（1905）至30岁时（1916），当了11年的乡村小学教师。他从事创作，还是在中学校读书时。在1905年的彼得堡的小杂志《正气的报告》上，他发表了两种短篇，得了相当的佳评。1909年，用勒耶洛夫的笔名发表于大杂志《现代世界》。其后，自1911年到12年间，在《俄罗斯的富》杂志上，发表了《灰色之日》《小学教师士德洛依斯基》等短篇，均取材于小学教师。此时他的小说，多发表于《为一切人的生活》与《为一切人的杂志》等志上。此外的著作有——短篇集《赤土》（1922）、《伟大的行军》（1922）、《丹昔金特面包市》（1923）、《在田园》（1923）、《现代文学里的农村》（1923），第二短篇集《人生的颜面》、《鹅鸟——天鹅》（长篇小说的断片，1923）、《谵言》（遗稿，小说）、《安德勒·尼耶卜育维》《亲切的女子》（短篇集，1924）。

这些著作都是取材于农民生活的，大多描写现代的农村、被革命的波浪暴风所扰乱的农村，写1918年的饥馑饿死的农民。他不单是取材于农村，也把俄罗斯的黑土——农村与血结连在一处。他是和现代俄罗斯的农民共受苦难、共同战斗的作家。

色绯利娜女士与勒耶洛夫同是描写农村与农民生活的作家，但是她比较是无产阶级文学的。她与革命的精神一致、与共产主义的理想一致而描写农村与农民。她的农民文学是无产阶级的文学，可以确实的成立。她以1889年生于俄仑堡格斯卡亚县杜洛兹基郡的瓦尔拉莫夫村。1905年，卒业中学校以后，便独立自活。她最初的生活也是当家庭教师。1915年，在俄姆斯克市的地方图书馆

第二章　俄国的农民文学

做管理者，后做教育局的管理职务。在"十月革命"以后，她在俄姆斯克、俄仑堡、柴尼亚实斯克三市从事农民教育。她的文学上的表现，是在《苏维埃的西伯利亚》新闻上发表的一篇小品文，题名是《保尔希金的经历》，为当时的批评家所赞美，遂一跃而为第一流的女作家。此时《西伯利亚的火杂志》请她著作，遂发表长篇小说《四个头领》，也为批评家所称许。其后，更作《法律的破坏者》《腐粪》等作，受了各新闻杂志的佳评。这些作品，曾有德、瑞士、意大利诸国语言的译文。她的著作集有1923年出版的《腐粪》（内收《四个头领》等五篇）、1924年出版短篇集《青年》（内收《罪恶》等七篇）。此外，尚有未收入著作集的作品有《害的要素》、长篇小说《旅行者》（一部分）、1923年的《知事》《工作日》《维尼勒亚》等作。

她常描写西伯利亚的农村与各地的小都会。她也描写革命，但她不以农民的暴动、扰乱为真正的革命。她描写西伯利亚的农村，但是她并不肯定如实的农村的姿态。她使农村与都会接近的农民与都会的劳动者亲密的提携，以求农村的正道及农民应走的方向。这就是她的劳农俄罗斯的新农村。于此，不闻诅咒文明的声音，种田不要用锄，应该用机械；不用农夫的手，应该由农业劳动者用电力去耕种。在这意味上，她极与共产主义的理想一致，与无产阶级的理想共存。她的艺术，是真正意味的无产阶级的农民文学；在她的艺术里面，暗示着农民文学的未来性的要素。她的艺术的表现形式是现实的、明朗的，多少是印象的，但没有夸张气。那形式是平凡的，与丰富的内容相称。

以上是现代苏俄文学中的农村与农民的

第二章　俄国的农民文学

文学的大概,自然没有详尽。在今后的苏俄,农民文学的名称,是不能存在的了。农民文学的成长,必向着色绯利娜的方向前进,但这已不能称为农民文学,已经是无产阶级文学。别的名称是无必要的。

农村是与都会共存的,农民是与劳动者同步的,因此之故,他们应有同一的文学。不久间,无产阶级文学的名称也将不存了。俄国的社会,为纯粹的无产阶级的社会所建设之时,则无产阶级文学只是当作"文学"而成立。至少这是理想,是应该走的当然的方向。

农民文学的名称,在俄国已经是过渡期的东西。耶塞林与克留耶夫是不用说的,如勒格洛夫(还有本章未能说及的皮涅克与依凡洛夫)等,已是过渡期的人了。农民文学到了色绯利娜才有新的发生,同时也与农民文学的名称隔离了。

　　现在的俄国农村，正与都会一致。走到尽头的农民文学，已变为无产阶级文学，正在苏醒的途程上。

Chapter 03 第三章

爱尔兰的农民文学

第三章 爱尔兰的农民文学

第一节 爱尔兰农民的生活

爱尔兰农民生活的事实,是爱尔兰农民文学发生的原因。现就爱尔兰的农民生活,作简单的叙述。

爱尔兰农村的阶级,可别为地主(Landlords)、小农(Small farmers)——半无产农业劳动者、佃户(Cottiers farmtenants)——纯无产农业劳动者。农村中有一种中产阶级自作农(Yeomn farmer),在爱尔兰的农村是全不存在的。形成爱尔兰的脊骨的农民,事实上乃是佃户(Cottiers)。因此成为特权者与乞食的对立状况。

佃户（Cottiers）是纯无产农业劳动者，为重要的"爱尔兰的脊骨"，然而他们是半饿、半裸体、半死的阶级。这是什么原故呢？考 Cottierism 原为爱尔兰特有的佃户制度，它与东欧罗巴与中古时代的农奴制度（Gerfdom）类似。惟爱尔兰的 Cottiers 不如农奴（Gerf）之土着，这点二者有别。Cottiers 是无须资本家的农业者阶级（Capitalist farmer）的干涉，而得为雇雇契约的农业劳动者，即是能确保个人的自由。他们虽居于忍从苛酷的契约条件的不利的社会的地位，事实上却与农奴不同。

佃户（Cottiers）的生活极苦，一日只有一餐，所吃的是马铃薯与酪浆。可以说他们借马铃薯的皮以维持性命，他们烦恼于食物不足与荣养不良。少许的马铃薯与酪浆，他

第三章 爱尔兰的农民文学

们用作最有效验的医药。他们住的地方是泥涂的小屋,只有一个门户,炊烟常笼罩屋内。爱尔兰多盲人的原因,也许即在于此。他们家中所使用的器具,不过是煮马铃薯的锅、食桌、一两张坏了脚的凳子。自然没有床睡,他们睡在稻草上,与牛豕同居,和尘芥箱无别。

他们的生活如此悲惨痛苦的原因,就是爱尔兰特有的土地制度。他是政治的被压迫者,同时又是经济的被榨取者。因为在爱尔兰的土地所有者,是英人或者英人的子孙。那些地主不是农村生活者,有许多住在英国或打不林,❶一切的祸因便胚胎于此。

因为地主不在,就必须一个土地管理人;或以比较的廉价,长期租借于住在爱尔兰的人。因为这外住的习惯(Adsenteeism)的

---

❶ 疑即"都柏林"。——编者注

结果，在爱尔兰农村产出了特殊的榨取阶级 Middleman（中人），即是土地管理人。他们从地主借得土地，在借给农民的期间，便竭力榨取，以图利息。尚有使弊害深刻的，就是"中人"不限一个；有几人介在地主与实际的借地人之间，他们使佃户负担高额的租金，较之他们纳给地主的贷金为重。

此种不必要的、有害的、寄生的"中人"的发生，乃是"外住的习惯"所促进的，此种"外住的习惯"更培植了竞卖制度（Canting System）。地主是不用说的，介在二者间的中人，除了一心榨取以外，对于土地改良是全不在意的。佃户借土地时，那土地常是不良的；他们不稍假地主的助力，独力改良土地，使之适应于栽培、耕作。地主与中人除了佃户不纳租金时，强制征收以外，对于土地一概不管。但在佃户方面，也并不想改良土地，

第三章　爱尔兰的农民文学

也没有改良土地的手段。因为改良土地，反使榨取阶级有了榨取的好机会，地主们对于好土地，故意把租金加重，仍是佃户吃亏；所以爱尔兰的土地荒废，是不能免的。

爱尔兰的农民常想逃避此种苛酷的生活，他们便到英国与苏格兰等处去耕种，可以得到较高的工钱。所谓自由农业劳动者（Spalben），就是这种人，是佃户沦落后变成的。他们在秋初时，便踯躅街道，半裸体、跣足，以赴工作的地方。但仍有吸吮他们的血液的人，名叫 Spalben Broker 的，向农场主兜揽供给 Spalben，俾能于中取利。他们以低廉的工钱与劳动者结雇雇契约，而向农场主支取较高的工钱，一出一入的相差甚巨，以肥自己的私囊。

农民除了地主、中人、劳动者中间人（Spalben Broker）等明目张胆的榨取者而外，更有乘农民的愚昧无知，借信仰的魔力，以麻醉他们，实施榨取手段的祭司。谚云："祭司的小指，较地主的腰重"，便可想而知了。爱尔兰的人民都属于加特力教，对于祭司的报酬须纳赋税；还有，因为要维持祭司的生活起见，设立种种名目，强农民献纳金钱，有时至于榨取劳力。正如地主与中人的关系一样，祭司也有 Tithe farmer（代祭司收税者）为他们作伥。他们弄到农民一无所存，以牛、马、羊作抵，虽辛苦几年，要想取回这些东西，是没有希望的。他们还要收二磅抽二先令的手续费。

这种两重三重的榨取，便是爱尔兰农民生活的实况了。他们是永远喘息于贫困、苦恼的奴隶。他们是在层层黑暗世界里无可救援的浴血的羊群。

饥馑又屡屡惠顾爱尔兰，1845 年到 1846

第三章　爱尔兰的农民文学

年间的饥馑尤其残酷。在 1846 年，只一夜的功夫，全国的马铃薯几乎枯死完了。马铃薯是他们的唯一的食粮，如今遇了荒歉，除了绝望以外是没有法可想的了。这时饿死的尸首累累，啼饥的不知有若干人。据曾经目击的人传说出来，实在是伤心酸鼻。

在饥馑之后，接着就起了阶级变动的社会现象。中产阶级沦为贫民，在爱尔兰不能生存的，都逃之他乡；但是悲苦的恶运仍紧紧地追随不舍，他们在渡航或上陆时都纷纷倒地了。这饥馑的灾害虽是普遍的，但受压迫最激烈的依然是贫穷的农民。

第二节　爱尔兰的农民作家

爱尔兰农民的悲惨生活，反映在文学里面。列举在下面的，可以视为农民文学的代表作家。

（1）维廉·卡尔登（William Carlton），他以1794年1月生于普利斯克，是一个佃户的儿子。幼学于野外学校，14岁时想当僧侣，离开家乡，不久又归来。19岁时又出外，归来想做祭司。第三次出外，居基拉里，教农夫的儿子读书；后走打布林，袋中只有二先令九辨士。后写爱尔兰农民生活的故事，投稿于 The Christian Faminer，是为他的文学经历的初步。因为他的穷乏，著作甚多，加特力教徒以他为背教者，时有非难。1869年1月3日，故于打布林的近郊沙德佛。

他的作品有《野外学校》（The Hedge School）、《穷学生》（The Poor Schalar），写他幼时的生活。《劳夫德格巡礼》（The Laugh Derg Pigrim），记他第二次的旅行。《面影与故事》（Traits and Stories）为描写爱尔兰

第三章 爱尔兰的农民文学

农民最有价值的作品,是他的代表作,取材于他自己的生活与他的经验,抒写被虐待的农民的苦闷。《瓦伦太因》一作,写土地问题与宗教的争论。《流浪的罗德》(*Rody the Rover*)、《阿特·麻阔牙》(*Art Maguire*)、《懒惰的爱尔兰人》(*Paddy Go Easy*)等作,则意在矫正国民的缺陷。他将爱尔兰农民生活的事实,传之永远。

(2)伯屈里·马吉耳(Patrick Macgil),他明确的描写被压迫在近代资本社会组织下呻吟、困苦的农民生活,以1891年生于格伦孟兰。《死地之子》(*Children of the Dead End*)一作,就是写他自己的身世与阅历的。他生于贫困的农家,在野外被驱使如同牛马。到苏格兰去劳动,更尝尽酸辛;在那里做苦力,所以有苦力诗人(Navvy Poet)之称。现在他是《伦敦日报》的记者。

《死地之子》是爱尔兰农民的悲痛的记录，他把农民被鞭打的生活状况赤裸裸的暴露出来。写生在寒村里的他莫特弗林，受了地主、高利贷、祭司等的榨取，遂卖身于奴隶市场，从此过着苛酷的生活。他加入了掘马铃薯之人群里，到了苏格兰，在那里做了浮浪人、苦力，为社会所鞭打。后来，他猛然地从地狱里求白日的光。此作与《苦力的自叙传》（*The Autobiography of a Navvy*）都是他的自叙。《鼠窜》（*She Rat Pit*）一作，以女子洛拉莱安为主人；她为家庭的贫穷与榨取阶级的淫威所逼，远适异域，后来竟陷于格兰斯哥地狱。此外，尚有《赤地平线》（*The Red Horizon*）、《大攻击》（*The Great Push*）、《格林莫兰》（*Glanmoran*）等作，均有一贯的特征，就是精密的写实，写农民被祭司等榨取的苦况与农民的愚昧。

第三章　爱尔兰的农民文学

（3）弗兰西斯·李维吉（Francis Ledwidge），他生于米司的斯南地方，做过食料店的店员、坑夫、农夫。大战时从军，与丹色尼（Lord Dunsany）同队。他的代表作是诗集《野外吟》（*Songs of the Field*），丹色尼曾为他作序。他是一个纯粹的农民诗人，具有清新的感觉、纯洁的情绪与健全的理智，讴歌自然、青春与恋爱。

爱尔兰的农民文学除了前述的三个作家而外，还有几个作农民诗的诗人，如王尔德夫人（Lady Wilde）、吉尔褒夫人（Lady Gilbert）、著《特里敏唐迪尼》（*Drimin Doun Dilis*）的瓦伊希（John Walsh）、维廉亚林干（Wm Allingham）、柯尔曼（P. J. Colcman）、麦哥儿（P. J. MeCall）等是。

Chapter
第四章 04

波兰与北欧的农民文学

第四章 波兰与北欧的农民文学

第一节 波兰与农民文学

波兰与俄国一样，也是农业国，人口的过半数是农民。波兰的历史就是农民的历史，他们能够脱离俄国的宰治，农民的贡献最大。波兰的国情如此，所以伟大的农民文学的出现，乃是当然的。尤其在战乱与革命时，国民虽然离散，农民仍留在本国。复兴以后，使国家活动的力量，完全在农民的手里。因此之故，文学上的工作，每由农民以作成。在有这样的乡土与这样的农民的波兰，农民文学兴盛，是不必说的。就事实上说，若问现在的世界里，谁是农民文学最发达的国家，第一要数到波兰。

洛曼·德波斯基（Roman Dyboski）在他所著的《近代波兰文学》一书里曾说："在19世纪的后半期，波兰的最典型的作家的作品，带着社会的色彩，而且描写社会的新兴阶级的农民。"由此种母胎与背景产生出来的波兰农民文学，大放光芒，更是理所当然的了。

第二节　农民小说家雷芒特

雷芒特（W.S.Reymont）的名称，自他得了洛贝尔奖金以后，便震惊了世界。他以1868年5月生于俄领波兰的一个村落里，出身贫家。因为他养育在充满爱国精神的家庭里，他怨嫌俄语，热烈的学祖国的语言——波兰语。读书时家里贫穷，曾被令退学数次，所以他未受完全的教育。以后他就开始了放

第四章　波兰与北欧的农民文学

浪生活，有时当电信技师、做农夫，又想去做僧侣以终生。他的青年的大部分，做了周游乡村的旅行演戏者，其后，做铁道的下级吏。他的处女文是1894年发表的《死》，初期的作品有《剧场的女子》《做梦的人》等。《剧场的女子》是从他做旅行演剧者巡回乡村时的体验产生出来的，描写戏子们的悲苦生活，以及围绕着他们的小商人的生活。《做梦的人》写贫穷的铁道服务员梦想富与旅行，其中的主人翁就是作者自己。其后他又做历史小说，《一七九四年代》以波兰失了独立的最后那年为材料，是他的历史小说的代表作。他又有《吸血鬼》《吃鸦片者》等作发表，使他在文学上的地位加高。他一生的作品很多，长篇就有30篇左右。他的最有名的著作是1902年动笔的一部《农民》，做了6年才脱稿。因为此作，他得了洛贝尔奖金。以下略述这一部大作。

《农民》是一部长篇小说,共分秋、冬、春、夏四卷。德波斯基批评这部小说道,雷芒特非从事农业者的作家,竟产生了完全描写波兰农民生活的作品,虽是稀奇,然而在事实上,此作并非生自作者自身的体验,是由于文学家的深厚的同感、丰富的创造的空想力、由于温暖的观察产生出来的作品。原作描写围绕老农波尼那一家的人事与自然现象。因为有这部作品,使我们和现代农民生活的一切要素接触,见着了生存于土中的人们的生活的绘画。惨苦与悲痛、滑稽与嘲笑、恋爱与杀伐,以及一切人事,被大自然所围着,一一逐次展开在我们的眼前。读者见他对于农民的悲苦争斗没有什么主张,也许有人感着不满足,可是他的对于自然的眼睛是极锐利的。农民们怎样的受人事与自然的压迫,生活如何的苦楚,因而陷落在惨苦之中,他都一一的写了出来。

第四章 波兰与北欧的农民文学

波兰除了雷芒特之外,还有好几个农民作家,如作《洛兹基溪谷》(*The Vale Roztoki*)、《从此砂地》(*From This Sand Land*)等的俄尔干(W. Orkan),与徐洛姆斯基(Stephen Zeromski)等,均有名于世。

第三节 北欧的农民文学

在北欧斯堪的那维亚半岛,特指挪威,农民作家是很多的,他们都有共通的北欧人的特质。产生北欧的农民文学的背景,是那漫漫的冬夜、奇怪的云雾、冰天雪窟、幽微的极光的闪耀、崚峭的绝壁、产生传说(Sagas)的性情,等等。作家的共通的特质,就是从爱好自然的性情生出来的。北欧的自然和英国不同,是更瞑想、更恐怖的,带着神秘的色彩。

从这样的自然背景中生出来的北欧文学——描写生存于此种自然里的人们的农民文学，具有独特的色调与特质，是不用说的。

挪威的农民生活——在社会生活里的位置，和欧洲各国是很不相同的。其原因有二：一是从民族性、国土的特质来的；一是封建制度失败之故。挪威从古代到现在，历史上没有佃户制，农民全是小地主，是自作农。农民在国内不仅占国民的大部分，从挪威的历史上说，农民占了最重要的地位。这是他国所未见的，挪威特有的社会状态。历史家凯色（R. Keyser）曾说："挪威的国民[1]，常为挪威国民的第一代表者。"农民在挪威就是国民的代称。再看挪威的古代史，说到挪威人就是说农民。国家的大半，不特是农民，支配阶级也是农民，国家是全由农民成立的。

---

[1] "国民"，疑为"农民"之误。——编者注

第四章　波兰与北欧的农民文学

所以农民（Bond）这一个字，含有挪威人的自由与独立的意味。

总之，农民在挪威的位置，是居于他国所无的特殊地位。这是理解挪威的农民文学最必要的条件之一，也是农民作家频出的原因。

北欧的农民作家中，可举般生、哈蒙生、波以耳三人作代表，兹分述于次节。

第四节　北欧的三大农民作家

（1）般生（B. Bjornson），他以1832年生于挪威边境的一个小村里，幼年时读《英国的领港者》一诗，引起对于文学的兴味。1849年，入克尼斯恰里亚大学豫科。1852年，做剧本，但未上演。1857年（25岁时），做《战争之间》，上演于克里斯恰里亚，得了意料以外的成功。1857年，作长篇小说《星洛夫·梭尔巴根》(*Synnove Solbakkon*)，连载于克里斯恰里亚的报上。自此作公世后，便惹起世人的注意。后来，陆续发表《阿勒》《幸福少年》《渔夫的女儿》等作，声名愈高。1859年时，他在戏曲方面施展他的才华，从正史与传说里得着材料，作《康斯冷》《希格尔特斯冷波之部》，作《苏格兰的玛丽·斯丢而特》。1873年，作《婚礼》。至此，他的前期著作告一段落。1871年，旅行各地，此时因受易卜生的感化，遂变了方向，作写实的近代剧。1875年，遂有《发行者》《破产》等社会剧公世。1877年，作《主》，解剖君主主义，遭保守派的非难，颇有名。后，又作《马公希尔特》《甲必丹马沙那》。187年，❶作社会剧《勒峨那尔德》、喜剧《制度》。1888年，作《弗届之处》。大部分都是受了易卜生的影响的问题剧。1894年，有短篇集行世，其中

---

❶ 原文缺。或为1887年。——编者注

第四章 波兰与北欧的农民文学

收有《尘》《母之手》等作。1894年,作长篇小说《阿朴沙洛姆的发》,写社会问题与妇人问题。1903年,受洛贝尔奖金。1910年4月,卒于巴黎。

他的农民小说,可用《梭尔巴根》《阿勒》《渔夫的女儿》《幸福的少年》等作做代表,这些作品都是由他少年时期的环境所产生的。他的农民小说和北欧的Sagas颇有关系。他从传说Sagas,知道古代挪威农民的姿态;他将他和近代农民生活比较,以描出农民的姿态。他所描写的农民,是挪威民族的本来的姿态。在《阿勒》与《渔夫的女儿》等作里,他用细致的笔调描写北欧的自然。他不单是一个田园作家,也是人生的教师、战士,与预言者。

(2)哈蒙生(Kunt Hamsun),他以1860年生于挪威的古德朴兰斯·打耳村,是贫家之子。4岁时,寄养于洛弗俄登岛的叔父家中。17岁时(1888年),做了船员,漂浪各地。他的幼年时代的惨苦,可以在他的大作《饥饿》里面看出。后来他到了美国,在那里做过矿夫、电车夫、屠户和其他的职业,但仍不能救他于困苦。此时他却不忘文学的修养,虽在贫困中,仍读书不辍。返故乡后,因事业失败,仍走美国。1889年,著《从近代美国的精神生活》。1890年,著长篇小说《饥饿》,反响甚大,遂在文学界占了确实的地位。后在1892年著《神秘》、1893年著《荒地》。所作小说与剧均显示特异的作风,现在已有著作数十种。他于1902年得了洛贝尔奖金,成为现在世界的文学家。

他的作品可以分为三期——

第一期　1890年到1910年

第四章　波兰与北欧的农民文学

第二期　1908年与1909年[注]

第三期　1910年以后

第一期是他和贫苦争斗时代的产物，战斗的色彩甚浓厚。

到了第二期，作品的奔放较第一期少些，有观察人生与自然的余裕。

第三期他已是一个胜利者，堂堂然耸立于艺术的世界。

农民作家的哈蒙生与般生比较起来，色调颇异。般生所写的人，常与运命争斗，结果常打胜残忍的运命。哈蒙生则不然，他所写的农民，是被运命的波浪所簸荡的，使他不能不到所去的地方去。他描写农民的代表作品是1917年发表的长篇小说《土地的成

[注] 原书即如此。——编者注

长》，这是属于他的第三期的作品，较之他的初期的作品（如《饥饿》）对于人生与自然，能够沉着的观察。此作的内容由 31 章而成。描写未开垦的旷野，住着一个人，他惨淡经营，度过许多困苦生活，结局造成一个社会。此人名叫依沙克，他在旷野里造了茅屋，从事耕种，完全过着原始人的生活。后来有一个名叫印加的女子来了，他们便组织了家庭，饲牛喂猪、耕种土地。他们溶化于自然之中，平和安静的过了几年。他们生了孩子，孩子渐渐长大。后来印加杀了她的有残疾的孩子，因此犯罪入狱。数年后出狱归来，她已和从前两样了，她染了都会的风气，把这风气带到旷野来了。此时他们的附近已有几户农家。向来只有"人间与自然"的世界，到了此时，渐渐有人与人的丑恶之争、恋爱、罪恶等的骚扰了。后来在村中发现了铜山，于是村里遂为"欲望的呻吟"所希望。依沙克如今暴

第四章　波兰与北欧的农民文学

发了,拥着广大的土地与金钱,用着女仆,印加的指上也宝光灿烂了。"罪恶"便乘机走到人间来。他们的一个儿子被诱惑到都会去了,他经过了"恋爱"与"罪恶"。此时,铜山不能像预料的有利,便关闭了,村复还到从前的静寂。依沙克成了老人,印加依然变做从前的纯朴的女子了。

（3）波以耳（Y. Boyle）,他以1873年生于挪威的贫家,是女仆的私生儿。曾入陆军学校,后因受了哈蒙生等文学家的刺戟[1],遂舍了做军人的志愿。后来便入漂浪的生活,有时做渔夫,有时经商。尝过许多苦楚的生活之后,遂执笔做小说,发表《世界的颜面》《说诳之力》《生活》《大饥》《港人的最后》《歌唱的囚人》等杰作,批评家称他为"北欧的莫泊桑"。

---

[1] 今作"刺激"。——编者注

他的作品都是写他的生活的体验。《港人的最后》描写洛弗俄登岛渔夫的悲苦生活。以锐利的心理描写之笔作《说谎之力》。《大饥》是他描写农民的大作，原作的梗概如次：

在挪威的海岸边有一渔村，村中有少年名比亚·吐温。他是一个大胆的、顽皮的小孩，有时在船里和鲛鱼打架。他没有父亲，遭受种种的悲惨生活。后来到了都会，进工业大学，毕业后当了技师，到了埃及。事业成功，发了大财。回国以后，过着平和幸福的生活；可是他决不以目前的境遇为满足，他被一个精神的"饥饿"所驱遣着。这事的结果，他和一个在旅中相识的富家女儿麦鲁耳恋爱，入了幸福的结婚生活；然而这豪华的生活、宏壮的邸宅、美貌的妻子、平和的田园，都不能够满他的意。他焦燥之余，就被钢铁（即科学）所诱惑，于是再去做技师，从事大工事。结

第四章　波兰与北欧的农民文学

果大蹉跌,失了财产,在肉体方面也陷于破灭,完全陷入乞丐般的生活了。曾做过尼罗河畔的技师的人,如今变作了苦于日常生活的打铁匠了。到了此时,他为"大饥饿"所充满,倒反入于平和的生活了。

这是《大饥》的梗概。他在此作里写"人生应该怎么样做"?在他看来,科学决不是使人进步的东西,倒反伤害人类精神的久远的姿态。他否定科学与宗教,而赞颂人性的本然。

Chapter
第五章

法国的农民文学

第五章　法国的农民文学

第一节　田园作家乔治桑特

农民或农民生活表现在文学里面，是从19世纪初叶浪漫主义兴起以后。因为浪漫主义的运动，人类的感情得了解放，在文学的取材上，也得到了大解放，除了描写武士生活、僧院生活、宫廷生活而外，更扩充到平民生活的描写。如都市平民的生活、海上劳动者的生活、田野的生活等类材料，都是在浪漫主义运动以后，才在文学里面表现出来的。因为这原由，农民与田野的生活，是到了19世纪才被写进文学作品里面。

在法国的作家之中，取材于田野生活的作家，便是乔治桑特（George Sand）女士。她的幼年期、青春期、老年期，是在伯利（Berri）地方的郊野度过的。她以具有女性的慈爱与同情的眼光，绵密的观察那地方的田野生活的各样风俗、习惯与性格。她的富于慈爱、同情的心，对于贫困的农民的恻隐是很深的。因为她对于田园之美的思慕与热爱、对于农民的贫苦的恻隐，于是她遂成就她的田园小说（Roman Champetre）。

爱密儿·傅格批评她说：桑特的功迹，就是第一个把农民的姿态表现于法国文学里面。她的著作中，如《安吉保的面坊》（*Meunler d'Angibault*）、《可爱的法德》（*Petite Fadelte*）、《魔沼》（*Mare du Diable*）、《瓦仑泰因》（*Valentine*）、《蒋妮》（*Jeane*）等，都是许多朴质可爱的农民的描写。《魔沼》一篇要算她的代表作品。

第五章　法国的农民文学

这是一篇恋爱故事,写一个28岁的农夫吉尔曼死了妻子,有三个孩子,他和邻家16岁的女郎玛丽结婚的经过。她写这忠实的农夫吉尔曼,不敢违抗他父亲的命,迟迟的走去和他父亲所选定的一个寡妇相会。在这短程上,他和那远出劳动、养活母亲的少女玛丽为伴,他与她已燃炽着爱。到了他会了寡妇回来,经过幻灭之后,他不能再忍耐了。作者在这里用美丽的笔调,抒写这个正直、朴素、勤俭的农民的心理,而以田园的美景作为陪衬,正如展开一幅图画。作者的观察之深刻与正确,可以在这一篇作品里看得出来。

她的观察不仅限于伯利地方的田园,每当她旅行的时候,她对于各地方的风景、风俗,尤其是那地方特有的人物、性格,必定留心观察。所以她在《昆亭妮姑娘》(*Mlle la Quintinie*)里,描写沙俄亚(邻近瑞士、意大利的山峡地）；在《梅尔昆姑娘》(*Mlle Merquen*)里，描写诺尔曼底（法国北方的半岛，与英国相望）；在《瓦尔维特》里，描写阿尔卑斯（有名的高山）；在《一个少女的自白》(*Gonfession dun Jeune tille*)里面，描写普洛凡斯（接近地中海的南部一州）；又在《洛希的琼》(*Jean de la Roche*)里面，描写俄维尼（近中部的南部的高原地）。她在这些作品里面，写出各样的纯真美丽的恋爱故事。

法国的田园，因为有1835年到1848年的桑特的著作，才被引进法国文学，在前文已经叙过。可是从现在看来，这种田园小说所有的内容，不过是田园赞美的牧歌情绪。因为这些著作的动机，是从桑特憎恶都会人的机智、嫌厌沙龙（Saloon）的戏虐、称颂田园的心理而来的，所以她所写的小河，无

第五章　法国的农民文学

论何处，都是清流，鸟声总是悦耳，山丘总是葱翠；农民的心常是清澈，他们勤俭，他们的爱是纯洁的。这些不过是画面上的美而已。她虽从田野生活中得到主题，可是没有把自然的深奥与秘密打开给我们看。正因为这时正是浪漫主义时代，所以她如何去描写风俗习惯的各种姿态，是不难想象得到的。总而言之，桑特的田园小说，只不过是美丽的牧歌，缺少现代农民文学运动的意义。

但是不仅桑特一人如此，也不仅法国一国是如此，在当时别有社会的背景。原来18世纪后半到19世纪初叶所起的产业革命，把无数的田园劳动者引进工场。这时，家内工业中断，田园劳动者不得不舍弃朴素的手用器械，走进都市的工场里去。这些从田园移到都市去的人，与都市人协力，才完成了近代都市的建设。这些住在铁与工场所构成的都市的人，他们是从田园来的，如被逐的一样，失了故乡，苦闷于机械、喧嚣与煤烟；他们对于从前的住宅与田园，不得不引起无法可遣的思乡病，不得不思慕田园的自然生活。还有居住在都市的人，因为机械、喧嚣与煤烟的都市既已完成，也不得不憬慕那绿荫荫的田园了。

这种现象在德国便是"乡土文学"的提倡，在法国就是"地方主义"发生的有力的动机。19世纪中叶的田园文学，根柢上是牧歌的情绪，是田园的礼赞。

第二节　自然主义时代到大战以前

从写实主义到自然主义时代，文学作品中所描写的农民姿态有许多样式。不过作家对于农民的观察，也同观察其他的世人一样。

第五章　法国的农民文学

虽有描写农民的作品与作家，但始终关心农民与农民生活的作家几乎没有一个，即是没有可以称为田园小说家或农民小说家的人。

从那始于巴尔札克（Honore Balzac）的写实主义到终于左拉（Emile Zola）的自然主义，其间有许多作家描写的各种各样姿态的农民。若要一一加以研究调查，自然是一种极有兴味的工作。现在只能就这个时期的一二作家，加以说明。

巴尔札克在他的40册大著《人间喜剧》里面，描写人生的各方面的情景，网罗巴黎生活、军队生活、地方生活，以及其他的生活。其中之一，就是田园生活的情景。描写田园生活的共有三篇，就是《乡医生》（*Le Medecin de Campagne*）、《乡村的祭司》（*Le Cure de Village*）、《农夫》（*Les Paysans*）等。

《乡医生》是描写居住沙俄亚山峡的青年医生，把其地的人从农村的贫穷、愚昧、不健康的里面救了出来。他所描写的农村生活与农民，是因拿破仑时代长期战祸所受的贫困、疲劳与愚昧诸态。《农夫》一作，以法国古谚"土地为争斗的原因"为主题，原著的内容如下：

伯爵孟柯尔勒有广大的土地，营有壮丽的邸宅。其地的农民，美慕伯爵的奢侈生活，渐抱反感。农民欲赶走伯爵，叫他离开他的领土，而据此广大的土地为己有。此计划竟见诸实行。但是伯爵曾为拿破仑的部下，他的顽固在农民的想象以上，于是开始了长时间的争斗。最初，正义属于伯爵方面，但是恶辣而多计的农民们，弄了许多法术，遂把坚固的孟柯尔勒伯爵的邸宅颠覆了。伯爵变了流浪人，逃往他方去了。

第五章　法国的农民文学

作者对于农民与农民生活，也并无特别的注重，不过用为作品中的人物罢了。

在巴尔札克之后，自莫泊桑（Guy de Maupassant）以降的许多自然派作家，他们描写农民时，把农民看做物欲极盛的怪物似的一种人。他们虽视农民为人，终于看他们为愚蠢的生物，为某阶级的利益计，他们是有罪恶的，如原始人似的暴虐人。如果在这些作家里面要强求一个值得注目的，只有左拉一个。他描写农民生活的，有长篇小说《大地》（*La Terre*），短篇中有《到田野去》（*Aux Champs*）、《洪水》（*Inondation*）等。

在19世纪末到20世纪初期，从文明史上看，正是资本主义文明的发生期与发展期，一切的文明组织，都在中央集权时代。文学也是如此，是网罗一切意味的都会文学时代。文学的领域是在首都，而不是在各地方。在中央都市文艺全盛的当时，便有主张探究发扬地方精神的地方主义文艺出现，可是这未必就是农民文学，只是对于现代农民文学的发生、长成，有重要的帮助而已。欧洲大战以前的法国地方主义文艺或农民文艺，可以看为大战以后勃兴的现代农民文艺的准备期。

以下略述大战前的几个重要作家及其作品。

第一个便要数到巴星（Rene Bazin），他以 1853 年生于巴黎西南地方，安吉友的乡村休格勒的附近。他除了冬天住在巴黎而外，一年的大半都在这地方度过。使巴星的名不朽的著作，就是那一篇《赴死的大地》（*La Terre Quimeurt*）。

《赴死的大地》里面所描写的，是被新的近代文明所压倒的，旧田舍农家颠覆的情景。这一篇的内容如下：

第五章　法国的农民文学

地主弗洛黎去了。服役于侯爵家多年的老农夫，名叫做妥桑·刘米洛。他有三个儿子，两个女儿。长子从前坐在运物的马车里面同爱人私语，跌了下来，成了残废，因此脾气最坏，动辄发怒。次子曾服兵役，归乡以后，因为以前染了军队的恶习，对于农夫的事务，不能劳作。加以过惯了兵营生活，是见了世面来的，现在来做这样劳苦的、不适宜的工作，他想实在是愚拙。第三个儿子在亚非利加当轻骑兵，还没有回来。长女也并不是怎样优良的女儿。次女是一个很会做工的女儿，已经和她家中雇用的男工生了恋爱关系。刘米洛知道她与男工恋爱，不觉大怒，即刻把男工解雇了。这位极重家世的老人，断乎不肯把他的女儿嫁给男工。后来，次子因为挖土挖够了，喂牛也喂够了，便与长女出走；他去做了镇上的驿夫，长女做了咖啡店的女侍。发狂似的老刘米洛想要取回他们的心，驰着马到处跑，托人去说；又到侯爵的空堡里去申诉，都没有结果。如今他只有等待三子的归来了。三子归来后，老刘米洛才放心了。三子是能诚实做工的人，不过三子的心，也不能够永远系在自家的土地上。他想，自家的土地已经瘦弱了，要有好的收获，非得新土地不可。他说在美洲、澳洲，肥美的土地所在都有。于是，三子在某一晚上，也悄悄地离家出走了。现在留在家里的，只有老人与残废的长子、次女了。可以承继老刘米洛的旧家的人，只有次女一个，因为长子有残疾不能够结婚。老刘米洛想起绵绵不断的家族，将不能继承，他不觉老泪泫然了。他毅然的迎了从前赶走的男工，做他次女的夫婿。长子知道这事，他十分愤慨，又思念他从前的爱人。他以残废之身棹舟出走，在半途上力尽死了。

  这就是《赴死的大地》的梗概。这篇小

第五章　法国的农民文学

说，可算是19世纪末到新世纪初的农村的哀歌。

法兰西斯·嘉蒙（Francis Jammes），是比勒越山麓的一个诗人，他是自然诗人与土的诗人。他的作品的内容，是从朴素优雅的感情所歌唱出来的追忆、恋爱、神圣、自然与土地。虽然没有深刻的进到农民生活之中，但他对于农民自始就有同情与爱。他的代表作有《兔的故事》（*La Roman du Lievre*）、《风中的木叶》（*Feuilles Dans le Vent*）、《田园诗人》（*Poete Rustique*）、《为两对结婚的钟》（*Cloches Pour Beux Mariages*）、《从朝晨的南吉拉斯到晚上的南吉拉斯》（*De Langeleus de Paube a Langeleus du Soir*）、《春的丧服》（*Le Deuil des Primeveres*）、《生的胜利》（*Le Triomphe de la Vic*）。这些作品都是以地上的劳动精神为根柢，对于现代农民作家的影响很大。

纯粹的地方主义的作家有亨利·波尔妥（Henry Bordeaux）与李勒·波勒夫（Renc Boylave）。波尔妥的作品里，常写家庭的拥护，他所取材的地方是沙俄亚。《家》（*La Maison*）、《小儿的新十字军》（*La Nouvelle Eroisade des Enfants*）、《足迹上的雪》（*Laneige sur Les Pas*）等，是他的代表作品。

波勒夫描写的地方，是安吉友（在巴黎的西南）的乡镇。《勒安士的妇人们的医生》（*Le Medecin des Dames de Néans*）、《一口粮》（*La Beequee*）《克洛格姑娘》（*Madem Oiselle Cloque*）是他的代表作品。

弗利德尼克·米士屈拉（Frederic Mistral），是法国南部的自然诗人，他以 1830 年生于迈牙奴村。此村在普洛凡斯的丢南斯河与阿尔

第五章 法国的农民文学

般山之间,那里的风景极佳。他的诗为拉玛丁所赞赏,长篇叙事诗《米勒》(*Mireio*)与《加南代耳》(*Calendal*)是他的杰作。

第三节 大战以后与现代的农民文学

世界大战后的法国文学,发生了两种不同的倾向。一是越过地平线,对于远方的异国异民族,燃着热烈的好奇心的异国情调的文学勃兴。世界各民族的混入,与新利害关系的错综、言语风俗的世界的混合等,使这种好奇心燃炽起来。这派的代表作家为保尔·莫兰(Paul Morand)与瓦勒利·拿尔波(Larbaud)。一是当世界大风雨之际,欲得和平与安康。从这种要求,有许多文学家,注意国家、民族与土地,遂有农民小说(Roman rustique)与地方主义的小说(Roman regionaliste)的勃兴。

农民小说是纯粹的注意农民阶级与农民生活问题，专在这上面探求题材；地方主义的小说则为绵密的探求各地方的特性，由这特性去探讨自古发生的地方农民精神。这二者就广义上说，都可以叫做农民文学。在大战后发生的农民小说的作家与作品，为数甚多，现在列举重要的作家于次。

莫士勒（Emile Moselly），取材于洛仑村落以作小说；他的作品的特色，在能叙述、宣扬洛仑地方的村落生活。《池里群蛙》（*Les Grenouilles Dans la Mare*）与《丝车》（*Le Rouet Divoire*）是他的代表作。

路易·贝葛（Louis Pergand）的《新村的人》（*Nouvelles Villageoises*）与《乡下人》（*Les Rustiques*）是可注目的重要作品，二作都是描写他的故乡的。他又长于写动物的故事，如《从古比尔到马果》（*De Goupil*

第五章 法国的农民文学

a Margot）就是此类的作品。《米洛的故事》（*Roman do Miraut*）则写一匹狗对于主人的爱情。二者都是地方主义小说的上品。

路易·里昂·马丁（Louis Leon Martin）的《杜凡希》（*Tuvache*）（别名《田园悲剧》，*La Tragedic Pastorale*）是一篇有趣的作品，写一个老农夫与他的家族的悲惨的运命。这篇的梗概如下：

田舍贵族沙尔旦夫人所雇的老农夫杜凡希，是一个做了工就吃饭、吃了饭就睡觉的好人。有一天，不知怎样见着街上走着的卖俏女，鬼迷了心眼，在稻草堆里和她相抱。不料被沙尔旦夫人看见了，就解雇了他。不仅这样，且把一切长短详告他的妻子，叫他的妻子舍了他，到自己的邸内来做工。他的长女阿格拉已经怀了情夫的孩子在肚里，暗中逃走了。他的家中只有次女耶玛为伴，可是不久耶玛就同一个恶少年逃到巴黎去了。到沙尔旦夫人的府第里作工的妻子，并不是一个好仆人。她乘夫人离家之时，偷了鸡去换钱来喝酒。有一天，她接着夫人的来信，就要转来了。她急于整理一向未曾收拾的府邸，时时喝酒，以振精神，竟喝醉落进池里溺死了。因为妻死的缘故，他的新主人又不用他了，他没有依靠，便投奔它乡。路上遇着风雨，他到普里翁奴城里去躲避。那一夜，城里忽然起火。稍防夫看见杜凡希在脸上浴血倒在地上的城主的身旁，便以他为杀人犯，被宪兵捕去了。后来知道城主是自杀，杜凡希不过进城去避难，才被释放。他想去寻他的长女，后来在路上遇着了卖俏女，信了她的话，变了计划，去寻他的次女耶玛。在耶玛处得了一点钱，只得回来。他回来后，村里的人没有一个理睬他的，大家嘲笑他。他想申诉他的清白，大家都拒绝他。他无可奈何，

第五章　法国的农民文学

便走进酒店去喝酒。后来沙尔旦夫人在她的果园里闲步时，在池里发见了操着手仰向着的杜凡希的尸首了。

沙儿·路易·非立（Charles Louis Philippe）的《沙儿·布南斜》（*Charles Blanchard*）取材于布尔奔的小镇，也是一篇描写农村的作品。

这一期最有名声的作家，不能不推重吉峨曼了。他以1873年11月10日生于法国中部阿尼耶郡的依格南村中，是一个很穷的农夫的儿子。他出了小学校，便到地上去作工，做那牧羊、打麦、碾粉的工作。到了成年，他曾度过军队的生活，后来回到故乡，便以半日执笔、半日执锄。他现在还健在，时时有著作发表，是一个纯粹的农民作家。他的杰作是《某农夫的生涯》（*La vie dun Simple*）。除此以外，还有《布尔奔勒问答》（*Les*

Dlalogues Bourbonnais)、《田野录》(*Tableaux Champetres*)、《近大地》(*Pres du Sol*)、《玫瑰与巴黎女子》(*Rose et sa Pasisiienne*)、《田家的苦恼》(*La Peine aux Chaumicres*)、《在布尔奔勒》(*En Bourbonnaes*)、《巴卜枒斯与其妻》(*Baptiste et sa Femme*)、《包吉洛的企业组合》(*Le Syndleate de Baug Noux*)。

这时期描写田园恋爱的作品，有阿勒·波洛克（Enee Bouloc）的《仆人们》(*Les Pages*)、玛色尔·米尔凡克（Marcel Mirlvaque）的《土的美德》(*La Vertu du Sol*)。此外，还有约瑟·伯奎多的《我们的家乡》(*Chez Nous*)、《土块之上》(*Sur la Glebe*)、《理性的书》(*Le Livre de Raison*)等作。观察极透彻，构想也很有趣，善于描写炉边的生活，是动物与人间的细微的记录。

耶尔勒斯特·伯洛容（Ernest Perochon）

第五章　法国的农民文学

也是一个重要的农民作家,他以1885年生于名叫古鲁伊的小村里。目前他做小学教员,有暇便执笔。使他出名的作品是一篇《勒奴》(Lêne)。此作描写他从环境得来的,对于农民生活的理解与观察,以同情及爱而叙述。他的表现是毫无粉饰的单纯清洁,直截明晰的;他兼有现实感的深刻与艺术感的淳厚。他所描写的,是大战时与大战后的田野生活。这一篇《勒奴》,写的是农民生活的悲剧。原作的梗概是——

勒奴是一个贫穷农夫的女儿,已经到了可以出嫁的年华了。她因为要帮助病弱的母亲、弟妹及家计,她不得不到别的农夫的家中去做工。那农家的主人名叫米血耳,妻子死了,有一个名叫拉利的小女儿和一个刚才断乳的男孩子(名叫佐治)。米血耳雇用勒奴,有一半是为要她照顾这两个孩子。就年龄上说,已经到了可以做母亲的勒奴，她养育这两个小孩，便感受了母爱的强烈的自觉。她以母亲的慈爱去抚养小孩。同时，她对于主人米血耳，也施用她的热烈的女子的爱。她的心中，已经有了和主人结婚的愿望。这种愿望现于表面，她对于小儿的爱愈加深切。不料，她的愿望终于相反，近处的一个裁缝女名叫怀峨特的，和主人米血耳结了婚约。可以安慰勒奴的，只有对于拉利与佐治的母爱罢了。到了怀峨特嫁过以后，勒奴时和她冲突，又与主人米血耳相骂。后来，她终于舍了孩子，回转自己的家中。她的家中是很穷的，因为要帮助家用，她又要到别一个农家工作。她在中途，走在田塍旁，遇着她的前主人米血耳正在耕田。这时，她非走上前去问一声不可的，就是那两个孩子。米血耳告诉她孩子很乖，同继母也过得惯。这时，勒奴的嫉妒充满了全身。她想，米血耳说的话是不对的，

第五章　法国的农民文学

孩子决不会把她忘记的，他们见了她，一定要跳着走近她的身旁来的。她有着这样的自信，她就走向米血耳的家中去了。等她走近米血耳的家里，怀峨特又辱骂她，孩子也忘记她了，并且又侮辱她。她绝望之极，就投身于近处的池内溺死了。

伯洛容除《勒奴》外，还有一篇《保护者们》(*Les Gardiennes*)。虽也带着悲剧的情调，但与前面所讲的一篇又有不同。《保护者们》的梗概如次：

这是大战时法国中部的小村落色尼利农家的故事。名叫米桑吉的农民，他的三个儿子都到战线上去了，留在家中的只有两位老人同一个女孩。他们要耕种三处的广阔的农场，在他们是很重的负担。因为人少的缘故，他们雇用了一个名叫弗南希奴的女子，来相助工作。她是从救贫院里出来的女子，是一个质朴、温和、能够工作、很有用的女子。有一天，第三个儿子得了假，从战场回来了。这青年的心，不觉被这温柔的少女所牵引。后来他再赴战场，时时有信寄来给她。自有生以后到如今，从来没有和人间的温柔的心接触过的可怜的弗南希奴，一旦浴了意想以外的爱情，她对于佐治（即第三子）的恋爱，便燃炽着了。到了佐治回来，二人的恋爱关系便成立，并且不能分离。米桑吉的妻子（佐治的母亲），是一个墨守家名、财产、血统血族的传统的人，守旧而且顽固。青年男女间所发生的关系，在她是无论如何不允许的，她以为是污秽的。有一天，她带了佐治到火车站去，这时佐治看见家中有一个人匆匆的逃了出来，佐治便想那是弗南希奴的情人。母亲又劝他，与一个下贱的女仆、无依靠的孤女弗南希奴结婚，是家庭的污点。实际那个从家中跑出的人影，就是母亲安排好的把

第五章 法国的农民文学

戏,有意给佐治看的。经过这一番波折以后,二人间的感情就破裂了。弗南希奴借一点事故就离开佐治家,以她的飘零的身,寄托在邻村里。这时她已怀孕,她想起将来的婴儿,她的心中渐有光明。她想将对于佐治未尽的爱情,捧献于未来的婴孩。此时佐治的母亲,已为他娶了妻子了。

这虽是一场悲剧,但结果却是双方圆满的。写农民与农村生活,鲜朗而明确。伯洛容确是一个出群的作家。此外,他还有《平野之道》(Chemin de Plaine)等二三作,都赶不上《勒奴》与《保护者们》。

除上述诸家以外,有波尔妥(Charles de Bordeu)者,善以忧愁的笔,描写他的故乡,与在大战与社会的混乱下所发生的各种变化。他写土地的美德与爱的作品,有《俄斯他巴的骑士》(Le Chevalier d'Ostabat,取材于

18 世纪)、《最贫的生涯》(*La Plnshumble Vie*,取材于帝政复古时代)、《爱的运命》(*Le Destin Daimer*,取材于现代)诸作。

丹尼儿·赫维(Daniel Halevy)著有《访问中部法兰西的农民》(*Visites aux Paysans du Centre*)。这篇访问记,不是小说,也不是故事,文字并无什么润饰。由外观上看,不过是一种报告,一种记录的调查,然而内容却是极纤美的艺术品。原作的题材极富,随处添有优雅的诗歌。他写当时农夫的悲哀与不满处,是很有价值的。

以上已略述法兰西农民文学的大概,所列举的作家,都是比较重要的。他们的作品,有的是研究田园生活的现实以后的表现;有的是研究各地方的特色,由此特色,以讨探、阐明自古传来的地方农民精神;也有在政治、经济、阶级各方面觉醒了的农民自身的表

第五章　法国的农民文学

现；更有从文学家的同情、理解，把现在及今后农民的理想、要求等，在文艺上表现出来的作家。在本章所讲到的，都是广义的农民文学。

Chapter
第六章 06

日本的农民文学

第六章　日本的农民文学

第一节　农民文学作家长冢节

日本的重要农民文学作家,当推长冢节氏(1879~1915)。他是俳句作家正冈子规的门下,即是子规派的人。所作有和歌、写生文《烧炭夫的女儿》《佐渡岛》等作。《掘芋》是他的出世作。这时在日本正是自然主义兴盛的时代,他的《土》有反自然主义的色彩。他在当时不甚为人重视,直到现在才有人认识他的真价值。

他以明治十二年(1879)四月生于茨城县结城郡鬼怒川畔的小村里。幼入国生(村名）小学校，22岁时至东京访正冈子规，作俳句，从此开始他的文笔生活。他的代表著作《土》，自明治四十三年（1910）六月起，连载于东京《朝日新闻》。翌年，患喉头结核，疗养于根岸养生院。他曾与邻村的黑田真弓订有婚约，因患结核病的缘故，便将婚约解除了。病稍愈后，旅行九州各地。大正三年（1914），又病，入福冈大学病院。大正四年（1915）二月七日，卒不治。他的全部著作有东京春阳堂刊行中的《长冢节全集》，外有《土》《烧炭夫的女儿》《长冢节歌集》《山鸟之渡》几种单行本行世。

《土》以鬼怒川畔为舞台，写小农堪次与他的环境，写他的妻子阿品、女儿等人。对于四季的自然，与村中农夫的工作，都以精细的笔调刻画出来。夏目漱石在序文里说："存在于他的乡土的自然，甚至于一点一画

第六章　日本的农民文学

的细微，都具有那地方的特色，悉写在他的叙述上。"在他描写自然的超特与善于捉住农民姿态之点，现在的作家未必有人赶得上他。因为他长于作短歌与写生文，用这种笔调来写成的《土》，具有优异的特色，是不待烦言的。

第二节　最近的农民文学

日本最近的农民文学作家，可分两派：一为无产阶级派作家；一为"土的艺术"派的作家。

（1）无产阶级派。这一派有中西伊之助的《农夫喜兵卫的死》《某农夫的一家》，都是优美的小说。前者以日俄战争为背景，写一个成了逐次工业主义、资本主义化的牺牲者的农夫喜兵卫和他一家人的运命。写喜兵卫的女儿做了一家的牺牲，卖身于京都的岛原；写女儿的爱人、写强奸喜兵卫的地主的女儿的无赖汉、写喜兵卫的儿子进宇治工场去作工等，情节极富于变化。《某农夫的一家》也是一篇优秀的作品，情节错综，与前作齐名。

高桥季晖的《农夫暴动》、小川未明的《人与土地的话》、加藤一夫的《袭村庄的波浪》等，都是著名的作品。

（2）"土的艺术派"。此派以和田传、犬田卯、加藤武雄、五十公野清一、佐佐木俊郎诸人为代表。他们的作品，以描写土地、田园、农村为主，与前一派之含有阶级性者不同。犬田、加藤诸人组织农民文学会已有四五年的历史，以翻译外国的农民小说、创作农民小说、研究农民生活等为事业。

第六章　日本的农民文学

批评家里面有吉江桥松氏，对于农民文学的提倡颇有力。氏著《近代文明与艺术》《新自然美论》。前者的内容有：(1) 农民生活与现代文艺；(2) 农夫、佃户；(3)《大地之声》等篇。《新自然美论》分两篇，第一篇论自然美观的发达，第二篇论近代文学里所表现的自然。二者是极优美的论文。

附 记

本篇参考下列各书写成,对于第一种尤多取材,特此声明。

1. 日本农民文艺会编:《农民文艺十六讲》

2. 犬田卯、加藤武雄合著:《农民文艺之研究》

3. 中村星湖:《农民剧场入门》

4. 白鸟省吾:《诗与农民生活》

5. 吉江乔松:《近代文明与艺术》

编后记

谢六逸(1898~1945),贵州贵阳人,名光燊,字六逸,中国现代新闻教育事业的奠基者之一,著名作家、翻译家。生于贵阳的一个仕宦之家,1917年以官费生赴日,就读于早稻田大学。1922年毕业归国,入商务印书馆工作。后历任神州女校教务主任及暨南大学、复旦大学、大夏大学教授。1930年,任复旦大学中文系主任,创办了闻名海内的新闻系,为全国大学设新闻系之滥觞。他提出,新闻记者须具备"史德、史才、史识"三条件。

谢六逸一生著译颇丰。在文学方面,有日本文学史五种,译著多种,儿童文学六七种，另有《水沫集》《茶话集》《文坛逸话》《西洋小说发达史》《农民文学ABC》《神话学ABC》《日本文学史》等。作为中国新闻学教育的开拓者之一，谢六逸还著有《新闻学概论》《实用新闻学》等。郑振铎编《文学大纲》，其中日本文学部分多为谢氏手笔。

《农民文学ABC》由上海世界书局于1928年首次出版，1929年再版。如作者所言，本书"为中国文学界中叙述农民文学之第一本"。而所谓"农民文学"，即"与无产阶级文学相连，近代的农民文学常是无产阶级里的一支脉"。与此相对应的，是"都会文学与资产阶级文学"。广义的农民文学，包括"描写田园生活的文学""描写农民与农民生活的文学""教化农民的文学""农民自己或是有农民体验的作家所创作的文学"以及"乡土"文学。据此，作者先言农民文学的意义、运

编后记

动及发展路径，复就俄国、爱尔兰、波兰、法国、日本等国的代表性作家作品进行了爬罗剔抉、钩玄提要。作为民国时期的专门文学史，本书自不失其学术史意义和相关之研究价值。

本次整理，以世界书局之再版本为底本。其间，改竖排为横排，对部分标点、格式等进行了调整。然限于编者水平，错漏之处定难免，望读者方家海涵并不吝赐教。

徐　浩

2016 年 11 月